火によって

ターハル・ベン・ジェルーン 著
岡真理 訳

以文社

目次

装幀：桂川潤

火によって

1

父を埋葬したばかりの墓地から引き返しながら、ムハンマドは荷が重みを増したような気がした。身を屈め、老け込み、のろのろと歩いた。三〇になったばかりだった。一度として誕生日を祝ったことはない。歳月はただ過ぎ去り、代わり映えのしない一年が繰り返すだけだった。貧しさ、窮乏、諦めにも似た思いがつのり、人生で確かなものはひとつの悲しみ、時とともに当たり前になってしまった悲しみだった。父親と同じく、彼も愚痴をこぼさなかった、一度として。運命論者でもなければ、信心深くさえなかった。

父が亡くなり、目論みの数々はご破算になった。長男だった。だから、これからは自分が家族に対する責任を負わねばならない。三人の弟と二人の妹。母は糖尿病だが、なんとか持ちこたえている。先日の職探しはまたも徒労に終わり、彼は苛立った。運や偶然なんかのせいではない。これは——彼は呟く——不正義のせいだ、貧しく生まれついたという不幸ゆえの。失業に抗議する財務省前の座り込みにももう行かなかった。それで仕事にありついた学士失業者もいたが、彼はだめだった。歴史学の学士号など誰にも用はなかった。教師になれたのに、教育省はもう彼を採用しなかった。

クローゼットの奥から古い書類綴じを出し、中にしまってあった書類や文書をすべてとりだした。大学の卒業証書もあった。流し台の中に小さな書類の山を作り、全部燃やした。炎が文字を呑み込んでいくのを彼は見つめた。火はまさに自分の名前と生年月日をとり囲んでいた。木の棒の端で火を掻き立てて、何もかも灰にした。臭いに気づいた母が駆け寄った。

「バカなことをして！　卒業証書を燃やして何になるの？　教師の職に応募する時、どうするつもりなの？　三年間が煙になってしまったじゃないの！」

彼は答えなかった。灰を集め、ゴミ箱に捨て、流しを片付け、手を洗い、出て行った。落ち着いていた。自分の振る舞いについて語ったり、弁解したいなんて思わなかった。何の役にも立たない紙切れを後生大事に持っていて何の意味がある？　表情は揺るぎなかった。母を見て、薬を買いに行くことになっていたのを思い出した。あの薬剤師ならツケで売ってくれるだろう。ベンチに腰かけて地面を見つめた。蟻が一列で旅していくのを目で追いかけた。煙草売りの少年からばら売りを一本買い求め、火をつけておもむろに吸った。蟻たちは運んでいた荷を下ろすと、逆方向に戻っていった。

2

心は決まっていた――父の荷車を引き継ごう。荷車はひどい有り様だった。車輪を両方とも修理し、腐った荷台を取り換え、バランスも調整してもらわなければならない。青果の卸し屋、ブシャイブにも連絡をとらねば。

金はどこで工面する？　母は夫が病に倒れたとき、宝飾品をすべて売り払い、手元には何も残ってはいなかった。「マイクロクレジット」の話なら聞いたことがある。問い合わせると分厚い申請書の束を渡された。その煩雑さにすぐ諦めた。

証書をすべて燃やしてしまったことが悔やまれ始めた。

ムハンマドはかつて、在籍していた文学部の福引でメッカ旅行を引き当てた。後にも先にもたった一度のその幸運を利用することはできなかった。航空券で何をしろというのだ？　そもそもメッカ巡礼などしたいわけではなかったし、きちんと巡礼を執りおこなうだけの金もない。航空会社がチケットを払い戻してくれればよかったが、会社は聞いてくれなかった。巡礼者を見つけて航空券を買いとってもらうしかなかった。三分の一の額で売れたが、チケットの名義を変更するため、旅行代理店の職員に袖の下を渡さねばならなかった。そのわずかな金を元手に、荷車を修繕してもらい、ようやくオレンジとりんごの行商を開始した。

3

ブシャイブが粗暴で、とりわけ金に汚い男であることをムハンマドは知っていた。父からよく聞かされていたから。ブシャイブはすぐに、父親に金を貸したまま、最後の卸し二回分の代金がまだだと言ってきた。どうやって真偽を確かめられる？　こいつとはうまくやっていかなければならない。ツケで卸してくれるのはこの男だけなのだから——一〇％から一五％の割増しを課してだが。ムハンマドは口答えせず、オレンジ二箱とりんご一箱分を前払いした。それとイチゴの小パックもいくつか持って行くことにした。

ブシャイブは彼を傍らへ呼び寄せると、声をひそめて妹のことを訊ねた。元気に高校卒業資格試験《バカロレア》の準備をしているとムハンマドは答えた。

「いいか、お前の親父が俺に約束したんだ。俺は結婚して家庭をもちたい。仲間になれるかもな。荷車の行商でうまくやれるなんて思うなよ。競争相手はいるわ、いい場所で商売するにはサッともうまくやっていかなくちゃならん」

ムハンマドは彼を見つめ、うな垂れ、何も言わずに出て行った。

どこに立てばいいのか、まったく見当がつかなかった。移動する者たちもいれば、戦略地点を見つけた者たちもいた。総じて信号や交差点の付近だった。商売に最適の場所はすでにほかの者たちに押さえられてしまっていることに気づくのに時間はかからなかった。そこで休み休み荷車を押し続けることにした。オレンジやりんごの売り口上を叫んだ。だが、クラクションの騒音の前では無駄骨だった。耳を貸す者などいない。食料品店の前で荷車を押す手を一瞬、休めていると、店の主がすぐに追い払いにやって来て罵った。「調子が悪いのか？　だが、俺はどうなる？　鑑札料も税金も払っているのに、お前が店の前に居座ったんじゃ商売あがったりだ。とっとと失せろ！」

　行商一日目、彼はこうして辻から辻へとひたすら歩きまわった。それでもなんとか売り荷の半分以上をさばくことができた。ほかの者たちがやって来る前にいい場所を確保しようと思ったら、明日は相当早起きしなければならないと分かった。

　夕食をとりながら、若い妹を見つめた。ブシャイブの腕の中にいる妹の姿を想像した。恥だ。無垢な若い娘があんな獣に抱かれるなんて。絶対にだめだ。

4

夕食後、ブシャイブが金を要求していることを母親に告げた。

「お父さんは借りたお金をそのままにしておくなんてできない人だった。いつも即座に返していた。あいつは卑劣漢よ。証拠なんてあるはずない。放っておきなさい。私の薬、買って来てくれた？　もう一錠しか残ってないのよ」

ムハンマドは本がいっぱい詰まった箱を外に運び、家の前に本を並べて売り始めた。歴史の本、文庫本の小説、そして特別に革製本された『白鯨』の原書。中学四年のとき英語で一番になった記念に貰ったものだ。本は三冊売れた。これで母の薬が買える。『白鯨』は手元に残った。誰も欲しがらなかった。その晩、何頁か読みなおして、英語が多少、覚束なくなっていることに気づいた。眠りに落ちる前、可愛いゼイネブのことを考えた。二年前から思いを寄せている娘だった。だが、金もなく、職もなく、家もないとあっては結婚などできない。不幸だった。彼女に何を約束できる、何ひとつ与えることのできないこの自分が？　自分にはまず、しなければならないことがあると思った。一つまた一つと取り組んでいけば、成し遂げられるだろう。ゼイネブは待っていてくれるはずだ。

5

ゼイネブはとある医師のもとで秘書をしていた。ムハンマドを純粋に愛していた。一人娘なので、結婚して自分の両親の家で暮そうと言う。だが、ムハンマドにもプライドがある、妻の世話になり妻の実家で暮らすなど考えられなかった。

デートはカフェが多かった。たくさん話をした挙句、振り出しに戻って、二人で大笑いした。かれこれ三カ月以上、二人きりになれず、愛を交わしていなかった。ゼイネブの従兄がルームメイトの旅行中、自分の小さなアパートを貸してくれたのが最後だった。

ゼイネブが言った、「いつか私たちはきっと、このトンネルを抜け出せる。約束するわ、私には見えるの、感じるの。あなたはいい仕事を見つけて、私はあの不愉快な医者のもとを辞めて、自分たちの人生を始めるの。見ていて」

「そうだね、いつかきっと。でも、よく分かっているはずだ、ぼくが怪しげな船の密航者になったりはしないと。きみの計画は知っているよ。カナダ！　ああ、そうだね、二人でカナダに行こう、パラダイスに行こう。それは決まっている。でも、今のところ、ぼくは何人もの家族を養い、母の世話をしなければならない。ぼくの荷車にいい場所を確保するために闘わなければいけないんだ」

ゼイネブは彼の手をとると口づけした。彼も彼女の手に口づけを返した。

6

六時に目覚めた。同じ部屋で眠っている弟たちを起こさぬよう、なるべく物音をたてないようにした。弟のナビールは二〇歳、無許可の観光ガイドで、警官と始終、揉めていた。ヌールッディーンは一八歳、高校生だが、金曜の晩から月曜の朝までパン屋で働いている。そしてヤーシーン、一五歳。頭がよく、怠け者で、ハンサムで、才気煥発。億万長者になって母さんをピラミッドへ連れて行ってあげると母親に約束している。

ムハンマドは身仕度を済ませ、パンの塊を口に放り込むと荷車を出した。荷台の上には本の入った箱も載せておいた。家の前の狭い路地を角まで行ったところで交通係の警官に呼び止められた。

「じじいの荷車だな。あいつはどこだ？」

「亡くなりました」

「で、お前がそれを引き継いだというわけだ、何事もなかったかのように？」

「何か問題がありますか？　正直に稼ごうとするのは違法ですか？」

「生意気な奴だ！　証明書を見せろ……」

ムハンマドは持っていた証明書をすべて渡した。

「保険がかかってないな。お前が子どもを轢いたら、誰が支払うんだ？　お前か？」

「いつから果物の荷車に保険が必要になったんですか？　初耳です」

警官は手帳を取り出し、横目でちらちらとムハンマドを見やりながら、あれこれと書き始めた。ふと警官は言った、

「バカな奴め。分かろうとしない」

「私は何もしていません。私の仕事の邪魔をしているのはあなたの方じゃありませんか」

「分かった、もういい。だが、保険のことは考えておけよ。お前のために言ってやってるんだぞ」

警官は両手でオレンジとりんごを鷲づかみ、その一つをがぶりとかじると頬張りながら言った、

「行け、通れ、失せろ……」

7

ムハンマドはいい場所を見つけた。まだ、かなり早かった。荷車を停め、待った。最初の車が止まり、運転手が窓を下げて言った、「それぞれ一キロずつ。いいのを選んでくれよ」。次の客たちは、それほど急いではいなかった。車から降りて果物を手にとり、値段を訊ね、値切り、そしてようやくオレンジをいくつか買った。

一時間後、別の行商人が果物で飾り立てた荷車とともにやって来た。それはもっと食欲をそそり、はるかに量も豊富で、とりわけエギゾチックで高価な珍しい果物がとり揃えられていた。男には一人、なじみの女性客がいた。男は一瞥と頭の一振りで、ムハンマドにその場を立ち去るよう合図した。ムハンマドは素直に従った。かくして今日もあちこち彷徨うことになった。それでもよい朝だと思った。次はもっといろいろな果物を用意しよう。

一日が終わる頃、果物はすべて売れた。ブシャイブのもとへ行き、新たに果物を仕入れた。

その晩、疲れてはいたが、ゼイネブに会いに彼女の家に出かけた。ゼイネブの両親も彼をたいそう気にいっていた。その日一日あったことを彼女に話して聞かせた。二人はクレープを食べ、そして別れた。

8

その頃、ムハンマドの母は私服警官の訪問を受けていた。警官はムハンマドについていくつか質問し、なぜ「学士失業者」の会に通うのを止めたのか訊ねた。気の毒な母親はためらいと怯えを滲ませながら、彼女なりの言葉で答えた。警官は出頭命令書を渡した。その晩、出頭しなければならないとあった。母親はたちまち涙ぐんだ。警官が持ってくるのがろくな報せであるはずがない。これだけは言っておかなければ、「息子は政治とは無縁です」。警官は何の反応も見せず、帰って行った。

母親が出頭命令書を息子に渡すと、ムハンマドは一瞥し、ポケットに突っ込んだ。

「あとで行ってくるよ。何か聞きたいことでもあるんだろう。行かないと連中がぼくを探しにやって来て、面倒なことになるからね」

「ああムハンマド、警官がやって来たせいで血糖値があがってしまったわ。分かるのよ。口の中がからから。気持ちが悪いわ」

「そうやってぼくらを厄介な目に遭わせるのが、あの人たちの仕事なんだ。警官もぼくたちと同じ貧しい家の出なのはすぐわかることさ。でも、知ってるだろ、貧乏人は貧乏人が嫌いなんだ……」

9

警察署でムハンマドはベンチに腰掛け、ひたすら待った。時折立ち上がっては、なぜ、自分が召喚されたのか説明してくれそうな者を探した。みな、彼を無視した。脅しだろうと思った。仕事のない大卒者たちが運動を始めた当初も、連中は脅しをかけてきた。傍らに老人がいた。見るからにやつれ果て、一言も発さず、朦朧としていた。何を咎め立てすることがあるというのか。咳こみ痰を吐いて、病室にいる方がよほどふさわしいこの男に。ムハンマドは男から身を離した。

結核がうつるかもしれないと案じて。

ジュラバ姿の女もいた。次から次へと煙草を吸いながら人生を呪っていた。

「田舎では幸せだったのに、ああ神さま、なんであんな馬鹿と結婚しちまったんだろう、あいつ、私を捨てやがって」

ムハンマドを証人にするかのように女はまくしたてた。

「売春してるわよ！　なんにも恥ずかしかないわ。でも、いつか何もかも変わるのよ。見てなさい、私の勘はいつだって当たるんだから。こんなことがずっと続くわけがないんだから……」

真夜中になって一人の男がついてくるよう合図した。

身元の確認。

お決まりの尋問。

警官は、彼がもう昔の運動仲間たちのもとに通っていないことを訝しく思っていた。イスラーム主義者にそそのかされたのではないかと警官は尋ねた。

「いいえ、父が亡くなり生活が一変したんです。父の荷車を引き継ぎました。我が家の生活の糧です」

「らしいな、順調か？」

「まだ始めたばかりです」

「分かってるだろう、奇跡など起こらないんだ。うまく立ち回って警官といい関係になる連中もいれば、そうでない連中もいる。世間知らずの哀れな奴らだ。どちらを選ぶかはお前しだいだ」

ムハンマドがその意味するところを解するにはしばし時間がかかった。警官は取引をもちかけているのだ——密告者になって稼げる場所をもらうか、警察の犬になるのを断って商売に別れを告げるか。

「よく考えろ。明日、独立広場の交差点で会おう。帰っていいぞ」

明日になって——彼にはよく分かっていた——、言われた場所に姿をみせれば、警官の言うなりになるしかない。

朝早く、彼は荷車を出すと、くだんの交差点から遠く離れた下町へ向かった。

10

母の糖尿病は安定しなかった。薬を変え、医者に今一度、診てもらわねばならない。費用を計算した。予想外の出費をまかなえるお金はなかった。公立病院に母を連れて行くことにした。一七歳になる妹も付き添った。ムハンマドは病院の玄関で二人を見送り、行商を始めた。病院の玄関口は商売にもってこいの場所だった。見舞客が患者へのみやげに果物を買った。一時間がたった頃、警官が二人、彼の前に現れた。一人は女性だった。

「証明書」

彼は警官に証明書を渡した。

「ここはお前のショバじゃないだろう。何しに来た？」

「母を診察に連れて来たんです。糖尿病なんです」

「それは運のいいこった！　だがな、ここから消え失せた方が、もっと幸運というものだぜ。今回は見逃してやる。罰金は払わなくていい。警告したぞ。二度とここへ来るな。分かったな」

「でも、これが私の生活の糧なんです」

「神が創りたもうた大地は広大さ」

警官に言ってやりたかった、神は貧乏人がお嫌いなようだと、大地は広大だが、それは財力のある者にとっての話だと。彼は一人ごちた、「わざわざ事態を悪化させる必要はない。連中は無神論の廉でぼくを逮捕することだってできるのだから」

彼はおそらく無神論者ではなかったが、イスラーム主義者がそこらじゅうで自己主張するようになってから、宗教と距離をとっていた。父がよく言ったものだ、「信仰ある者は不幸になる定めなのだ。神がその者をお試しになるからだ。だから、我慢しなさい、息子よ！」

11

ムハンマドがその場を離れる支度をしていると、一台の車が彼の正面に停まった。男が急ぎのようすで、売り荷の重さを測るよう言い、大きな籠を差し出して、その中に入れてくれと頼んだ。「全部買うよ。今日はお祝いなんだ、息子がバカロレアに合格したんでね。分かるだろ、アメリカに留学させてやるつもりなんだ、そう、アメリカにだよ。この国でいくら夜も昼もなく勉強したところで、仕事なんてないからね。でも、アメリカの学位をもって帰国してみろ、タラップを降りたとたんに採用さ。嬉しいよ、一人息子だからね。娘たちには期待できないし。まだ嫁がせられないいんだ。欲しいという男もいなくてね……。さあ、急いでくれないか、はやくはやく。いくらだい？　さっさと計算してくれよ、なんなら手伝うよ」。男は携帯電話を取り出して、ムハンマドの言う数字を計算した。「よし、全部で二五三リヤル。一〇〇リヤル札三枚、釣りはいい、ほんのお礼だ。きみはいい奴だな、見れば分かるよ」

ムハンマドは荷車を押して卸売市場に向かった。ブシャイブのもとにもう行くことはない。現金で払えるのだから。

12

夕方、彼は荷車を片付け、ゼイネブの職場の出口で彼女を待った。目の前で大勢の若者が立ち働いていた。糊口をしのぐために若者たちが編み出した細々とした手仕事の雑多さには、舌をまかずにはいられなかった。アメリカ煙草をばら売りする者、車を猛スピードで洗う者、歩行困難な老人に付き添う者、自分で描いた絵葉書を売る者、炭酸飲料の空き瓶で玩具を作る者、この国の地図やマイケル・ジャクソンやベン・ハーパーの写真を売る者、赤い衣装に身を包み、いろいろな奇術をしてみせる曲芸師、猿回し、鸚鵡使い、海賊版DVDを売る者——あらゆる好みに応える作品が揃っていた。インド映画、最新のアメリカ映画、クラシック、エジプト映画にフランス映画。襟に小型マイクをつけた語り部もいた……。そこにいない者と言えば蛇使い、占い師、魔術師にいかさま師くらいのものだった。

不意に大混乱になった。路上の物売りが一斉に駆け出し、追いかけてくる警官の手を逃れようとした。警官は乱暴に二人を捕まえた。鸚鵡使いとDVD売りだった。殴打に次ぐ殴打、罵声に次ぐ罵声。鸚鵡が鳴き喚き、DVDが地面に叩きつけられた。カーク・ダグラス主演の「スパルタカス」も。ビニールカバーのほかは原型をとどめていなかった。二人は「治安警察」と書かれたバンに押し込まれた。ムハンマドは大声で叫びたかった。だが、母のことを考え、家族のことを考えた。怒りを抑え、自分に言い聞かせた、「ゼイネブに会わなければ」

彼女と会えて嬉しかった。今日一日あったことを語って聞かせたが、警察が路上の物売りを襲った話はしなかった。港の大衆食堂で魚を食べようと彼女を誘った。春爛漫の野原のまんなかに迷い込んだ子どものように二人ははしゃいだ。彼はゼイネブに言った。「警察がスパルタカスを叩きのめしてしまったよ。警察のバンの車輪でスパルタカスが轢き殺されてしまったんだ」

13

二人は歩いて帰った。途中、子どもたちが焚き火を囲んで暖をとっている姿が目に入った。子どものひとりが彼に煙草をねだった。「煙草は吸わないんだ。でも、これをあげるから、何か食べる物を買いなさい」

治安警察のバンが何台かゆっくりと走っていた。売春婦たちがとり調べられていた。その一人が警官のポケットに分厚い札束を滑り込ませたことにゼイネブが気づいた。よくある話だ。そういうものなのだ。

二人は結婚について、あらためて話し合った。

「待ってくれないか。働き始めたばかりだし。一つ大勝負を成功させなくちゃ」

「何のこと？」

「だいじょうぶだよ、「ホールド・アップ！」なんてしないから。市場に店を持ちたいんだ。近所の人がからだをこわしてね。中央市場のいい場所に店を持ってる人なんだ。その店を譲ってもらえれば最高なんだけど。少しずつ払っていくことにして。子どもたちは父親の仕事を引き継ぐつもりはないそうだ。エンジニアや技術者だからね、働き口には困らないんだよ。理想的じゃないか。母がその件で、その人と話をすることになってる」

「あなたの言うとおりね。でも、私、もう待つのはうんざり。二人のための場所が欲しい。掘立小屋だっていい。小っちゃな穴倉だって物置だってかまわない……」

14

家では年代物のテレビがついていた。共和国大統領の治世三〇年を祝う番組が流れていた。大統領が、かなり体重を増した夫人とともに映っていた。二人とも化粧し正装していた、十分すぎるほど着飾って、十分すぎるほど整えられ、髪の毛一筋乱れておらず、脂ぎった満足そうな笑みを浮かべていた。宮殿の中、カメラが二人を追いかける。非の打ちどころのない庭園の数々、一センチの狂いもなく刈りそろえられた植木、スプリンクラーの水に濡れる芝生。大統領夫人がコメントした。「主人は働いてばかりなので、わたくしが無理やり休息をとらせなければなりませんの。神のおかげで国はつつがなく、国民みなが感謝しています。国民はつねに私たちに対する支持を表明してくれています。国民は心得ているのです、国が前進し、そこに繁栄があるのだということを」

大統領の手が子どもを迎えるように広げられた。

映像にかぶせて流れる甘ったるい音楽にムハンマドは苛立った。母はまどろんでいた。弟、妹たちは床に就く支度をしていた。ヤーシーンが成績表を見せた。評価はみな同じ、「賢いお子さんです。才能に恵まれていますが怠け者です。がんばればもっと出来るはず……」弟は笑って言った、「授業なんてつまらないよ。頑張って勉強したところで何の役に立つのさ？　兄さんがそうじゃないか。バカみたいに猛勉強して。それで、どうなった？　仕事もなくて、父さんの荷車で行商じゃないか」

ムハンマドは弟にわずかでも希望を取り戻させようとしたが、容易なことではなかった。この国は不正義が溢れかえり、不平等と恥辱に満ちていた。

ヤーシーンは下校途中、男が警官に殴りつけられているのを見たと語った。男は喚きちらし、人々は立ち止まりはしたが、誰も助けはしなかった。「知っている人だった。ガラス張りのビルの守衛さ。兄さんも知ってるだろ、街の反対側の。辞めさせられたんだ、理由はよくわからないけど。で、鶏を盗んだんだ。異様だったよ。鶏もいっしょに叫んでた、男が放そうとしなかったから。何発も喰らってたよ……」

15

朝早くムハンマドは買い出しに出かけた。以前よりたくさんの果物から選んだ。市場を出ようとしたところで昔の運動仲間と出会った。彼は役所に採用されていた。

「役所にいても何もしていないよ。ほかの四人の職員と合部屋でね。仕事のある者もいるけど、ぼくはない。退屈だよ。給料だってまだ支払われていない。六カ月になるのに。ツケで生活しているよ。今にして思えば、奴らが大卒者を職に就けたのは、ただぼくらの口を塞ぐためさ。実際はぼくらのための仕事なんてなかったのさ。で、きみはどうしてるんだい?」

「ご覧のとおりだよ」

二人は別れた。一〇分後、ムハンマドが信号待ちをしていると、二人の私服警官が彼を道路脇に呼んだ。

「仲間と何を話していた?」

「何も」

最初の平手打ちが彼を見舞った。ムハンマドが思わず声を上げると、今度は腹に拳を喰らった。

「喚くな。さあ、やつの名前は?」

「忘れた」

拳がもう一発。通行人が足をとめた。警官の一人が彼らを追い払おうと凄んだ、

「失せろ！　こいつは泥棒だ、お前らを護るためにやってるんだ。だから、俺たちの仕事の邪魔をするな」

ムハンマドが叫んだ。

「嘘だ！　ぼくは泥棒なんかじゃない！」

人々が近づいてくるのを見て、警官の一人が荷車をひっくり返し、地面に散乱した荷とともにムハンマドをうち棄てて行った。

人々は彼を慰め、果物を拾うのを手伝った。イチゴは潰れていた。人々は口々に言った、

「悪辣な連中だ！　恥を知れ！　気の毒な行商人を襲うなんて……」

「ギャング映画に出てくるような振る舞いじゃないか……奴らは自分たちの分け前が欲しいんだ、卑劣漢め！」

「こんなこと、もう続きはしない！　いつか神によって真実が輝くだろう」

「神さまだって金持ちの味方さ！」

議論が起こる。

「不信心者！　異教徒！　神はみんなの味方だ！　神は何もかもご覧になっておいでだ」

人々は連帯の気持ちから果物を買うことにした。彼はイチゴを何パックかふるまった。

ムハンマドはもう働きたくなかった。気力が失せていた。

家に戻り荷車をしまうと、弟たちがいないのを幸いに、眠って、少しでも元気を取り戻そうと思った。

夢を見た。父が白装束に身を包み、彼に向かって一緒に来いと合図をしていた。何か言っているが、ムハンマドには聞こえなかった。死んだ父と再会したかったわけでは決してない。突然、母が現れ、言った、「父さんの言うことに耳を貸しては駄目、神に召されて、たぶん天国にいるのだから」

朝、目覚めたとき、彼は動揺していた。夢があまりに真に迫っていたから。

16

ゼイネブと彼も携帯電話を持ってもいい頃だった。ムハンマドは下町の市場《スーク》で中古の携帯を二つ買った。シンプルな携帯だった。手続き不要、再チャージ可能なカード一枚で、クレジットが尽きても、かかってきた電話を受けることができた。

ムハンマドは荷台にさらに手を加えることにした。一方の端に、オレンジジュースを作るための手動の絞り機を据えた。もう片方の端には、いろいろな果物を多少見栄えがよくなるように並べた。黒板に値段を書いて吊るした。美しくしようと、往年の名歌手ウンム・クルスームの写真も飾った。蠅叩きまで買った。ムハンマドはあちこち彷徨い歩かねばならなかった。商売にお誂え向きの場所はすべて、警官に協力している者たちで占められていたからだ。とはいえ今朝は、あの病院のあたりへもう一度行ってみることにした。売れ行きは好調だった。

すぐに二人の警官がやって来て、彼のまわりをうろついた。

「ウンム・クルスーム！　彼女の声が好きか？　俺たちもだ。だが、何でとうの昔に死んだ皺くちゃの歌手の写真なんか飾ってるんだ。我らが愛する大統領の写真でないのはどうしたわけだ？　神よ、大統領に長寿と栄えあれ！」

「単に思いつかなかっただけですよ。そうした方がいいなら歌手の写真は外します」

「いいや、そのままでいい。その写真の上に、我らが親愛なる大統領の目見麗しい写真を飾るんだ。ウンム・クルスームよりでかいのをな。ＯＫ？」

「ＯＫ」

警官は立ち去った。冷や汗がまだ引かなかった。この種の嫌がらせをほぼ毎日、うんざりするほど受けていた。ゼイネブに電話して、起きたことを告げた。

「あなたに諦めさせたいのよ。腐った人間たち。骨の髄まで堕落しきってる。抵抗するなんて立派よ」

「そうするしかないからね」

「今夜、会える？」

「ああ、じゃあ今夜に」

古い新聞を見つけた。一頁まるまる大統領の写真が載っていた。それを荷台にかけようとしたが、何度やっても写真は落ちてしまった。彼は写真を折りたたみ、箱の下にしまった。もし、誰かがまた大統領の写真のことで何か言ってきたら、これを出せばいい。

17

ムハンマドがかなり人通りの多い道で客待ちしていると、新聞売りが立ち止まり、アラビア語の新聞を一部、差し出した。一面にはこう書かれていた。「スキャンダル　与党国会議員、学士失業者にカナダ移住の書類を書かせて騙す、書類は五〇〇リヤル、被害者は二五二名。議員はお咎めなし」

この詐欺のことならムハンマドもよく知っていた。彼自身が被害者になるところだったからだ。だが、「書類の経費」と称される額を工面することができなかった。

新聞売りが言った、

「分かるかい、新聞は何だって書ける、何だって告発できる。でも、それでどうなる？　この卑劣漢は議員のままだ。小金を集めれば裁判所も手を出さない」

「そのうち騙された若者の一人が奴の喉を掻き切っても、少しも驚かないよ。とどのつまり人は自らの手で裁きを下すんだ」

突然、人の動きが乱れた。

ムハンマドには分かった、警官の手入れだ。力を振り絞って荷車を押し、裏通りに身を潜めた。ひっくり返ったゴミ箱のまわりで野良猫がいがみ合っていた。子どもたちがプラスチックの拳銃で遊んでいた。

彼は深々と息を吸い込んだ。しゃがみ込み、両手で頭を抱えた。何もかも投げ出して、これを最後にすべてを終わりにしたかった。だが、母のことを考えた。

ゼイネブの顔を思い浮かべた。弟たち、妹たち……。彼は立ち上がり、表通りに出た。

18

無数の嫌がらせに遭いながらも、ムハンマドはなんとか仕事を続け、一月以上がたった。とはいえ今朝、不吉な予兆があった。荷車を出していたら、片方の車輪が外れたのだ。偶然か、それとも誰かが細工したのか。たしかに隣家と揉めていた。体制批判を咎められたのだ。ある日、隣家の夫が言った。

「あんたがそんなふうに政府の悪口を言い続けると、そのおかげで俺たちまで迷惑を被ることになるんだ。そんなに悪く言わなけりゃならんことがあるのか?

みなが金持ちでなきゃいかんとでも思っているのか？　あんたは共産主義者か？　冷静になった方がいい、この国で警察に逮捕されたら、どんな姿で帰って来るか分かったもんじゃないんだから」

「ほら、あなただって政府を批判しているじゃないですか」

「いや、俺は単に事実を述べているだけだ。不満などないからね。申し分のない生活だよ」

そして隣人はあらん限りの声で叫んだ、「大統領万歳、大統領万歳……」

ムハンマドは車輪の修理にとりかかった。子どもたちが彼をとり囲んだ。みな、手伝いたかったのだ。荷車はたちまち元通りになり、彼は出かけた。

最初の交差点で警官が彼を制した。

「いったいどこへ行く？」

「仕事です」

「就労許可証を見せろ」

「そんなものが存在しないことは、あなただってご存じでしょう」

「ああ、知ってるさ。だがな、別の形でちゃんと存在してるんだ」

ムハンマドは分からないふりをした。

警官、「かわいそうな奴だ。高くつくことになるぜ……そのうちな」

ムハンマドは立ち去った。一度も振り返らなかった。葬儀の列に行き遭った。不思議なほど大勢の人がいて、数人で国旗も掲げていた。

ムハンマドは誰の葬儀か訊ねた。

「気の毒な男だよ、きみやぼくのようにね。どんな状況だったのか、誰も正確には分からない。インターネットに関係した何かで先週、逮捕されて。昨日、両親が遺体を発見したんだ。玄関前にうち棄てられていたそうだ」

「警察が殺ったのか?」

「決まってるさ」、男は声を落として言った、「だが証拠はない。いい奴だったよ、カフェで働いて、夜、インターネットをしていたんだ」

荷車を押してムハンマドも葬列に加わった。私服警官が写真を撮っているのに気づいた。

埋葬のあと、卸し市場に向かった。

19

乱暴だった。起き上がる暇さえなかった。二人の制服警官が——一人は女性だった——、彼を地面に叩きのめし荷車を奪った。

「没収する！」

「お前に闇商売をする権利はない。免許も鑑札もなく、税金だって払っていない。お前は国家の金を横領しているんだ。これまでだ。お前のワゴンは没収する」

女性警官、「さあ、失せろ。裁判所への出頭命令が届くからな。とっとと立ち去れ！」

ムハンマドはそのあいだずっと地面に倒れたまま、相方の警官に蹴られ続けていた。

何事かと人々が歩みを止めた。抗議する者もいた。警官は彼らを脅した。ジープが一台到着し、下士官が下りてきた。説明を受けると再びジープに乗り込み、行ってしまった。

次に警察の小型トラックが停まった。警官たちが車を降り、荷車から落ちた売り荷を拾い集めた。警官の一人はついでにりんごを一つくすねて、かじりさえした。

ムハンマドは力なく、一言も発さず、やがてその場を立ち去った。

彼は通りを彷徨った。わが身に降りかかった出来事に呆然自失し、何も考えることができなかった。無意識のうちに足は市役所へと向かっていた。市長と話がしたいと頼んだ。守衛はこめかみの横で人指し指をくるりとまわし、正気か、という身ぶりをした。

「そんなふうに市長に面会できると思っているのか？」

「そうだとも。どうしても話さなきゃならないんだ」

「市長と話がしたいなんてどこの何さまだ？　金持ちか？　お偉いさんか？　さあ、帰れ。俺は静かにお茶を飲みたいんだ」

ムハンマドは食い下がった。

「じゃあ、補佐でもいい……」

「みな出払ってる。市長が新しいモスクの開会式をするんでね」

「明日は？」

「俺がお前に忠告してやれることがあるとすればだな、忘れることだ……」

「分かったよ、だがその前に、どうして市長と話がしたいか、きみに説明させてほしい」

「どうしてだい」

「警察に商売道具を没収されてしまったんだ。果物を積んで行商していた荷車だ。ぼくの生活の糧なんだ」

「で、お前はそれを聞いて市長が警察とやり合ってくれると思っているのか、一銭にもならないお前のために?」

「正義のためだ」

「なんとまあ、奇特な奴がいたもんだ。どっから現れたんだ? この国のどこで正義なんてものにお目にかかったことがある?」守衛は声を少しひそめて言った。

それから彼は建物をひとまわりして、しばらくすると棍棒を手に戻って来た。

「失せろ！　さもなきゃ綺麗な顔が台無しになるぞ」

ムハンマドは諦めた。

20

その晩、ムハンマドはゼイネブに会った。自分も一緒に市長のところへ行くと彼女は言った。彼女にはもう一つ考えがあった。

「警察署長に直訴したらどうかしら?」

「そうしよう」

二人は中央警察署に向かった。

警官は誰も、彼の話など知ったことではなかった。ゼイネブが最初に口火を

切った、

「いいわ、それなら窃盗罪で告訴するから！」

「警察を訴えるだと？　ここをどこだと思ってるんだ？　スウェーデンにでもいるつもりか？」意地の悪い笑みを浮かべて警官が言った。

「私たちの生活の糧を取り戻したいだけよ」

「よかろう。お前たちの身分証明書を寄こせ。コピーして、何か分かったら連絡してやる」

ゼイネブは信用しなかった。彼女は申し出を断り、ムハンマドの腕を引っ張って、二人は立ち去った。

二人は長いこと通りを歩いた。手を繋いで、時折その手をお互いの腰にまわしながら。

一台の車が二人の前に停まった。

私服警官たち。

「身分証明書」

「結婚してないじゃないか。人気のない道をこんな時間に歩くのは違法だ」

ゼイネブは機転を利かせ、連行しないでほしいと警官に哀願した。

「父は粗暴なんです、お願いです、見逃してください。すぐに帰ります。私たち、何も悪いことはしていませんから」

「分かった、通れ、今回は大目に見てやる」

二人はそれぞれの自宅に戻った。

ムハンマドは眠れぬ夜を過ごした。母にはまだ何が起きたか伝えていなかった。

心労は血糖値を上げると父がよく言っていた。

21

朝早くムハンマドは身支度をした。父が亡くなってから初めて、礼拝をすることにした。着替えて、白の上下に身を包んだ。母は眠っていた。近づいて、起こさないよう、そっとその額に接吻した。弟たち、妹たちの方をちらと見やった。弟の古いモータ－バイクに乗り、ガソリンスタンドで停まると、空のミネラル・ウォーターのペットボトルに軽油を満タンにしてくれるよう頼んだ。肩から掛けた鞄にボトルを入れ、市役所に向かった。

そこで責任者との面会を求めた。

誰一人として応じる者はいなかった。

彼は二人の警官が荷車を没収した場所に戻った。

警官はそこにいた。荷車が道の片隅に置いてあった。空っぽだった。

ムハンマドは二人の前に行き、自分の財産を返してくれと頼んだ。

警官は思い切り彼に平手打ちを喰らわし侮辱した。

「このネズミ野郎、叩きのめされる前にとっとと失せろ！」

ムハンマドは一瞬、身を護るそぶりを見せた。今度は女性の警官が彼を平手打ちして、顔に唾を吐きかけた。

「いけすかない奴、お前のせいで朝食が台無しじゃないか。育ちの悪い、この役立たず……」

ムハンマドは打ちのめされた。もう口をきかず、身じろぎもしなかった。顔は強張り、目は充血し、顎は引きつっていた。何かが弾けてしまいそうだった。その姿勢のまま二分か三分か、それは永遠にも思われた。

男の警官、「さあ、失せろ。荷車には二度とお目にかかれると思うな。おしまいさ。俺たちに対する敬意が足りなかったせいだ。これこそ当然の報いというもんだ、我らが愛すべき祖国においてはな」

ムハンマドは口が渇き、唾液が苦かった。息も苦しかった。彼は思った、「銃を持っていたら、弾が尽きるまでこいつらに見舞ってやっただろう。武器はない。だが、ぼくにはこの身体がある、この命が、この絶望的な生が、これこそがぼくの武器だ……」

22

ムハンマドはその場を立ち去った。バイクにまたがり、市役所を目指してUターンした。

到着するやバイクを電柱に立てかけて、あらためて市長か補佐の一人に会わせてもらえないかと頼んだ。守衛は前日にも増して怒った。ムハンマドは鞄の中の、軽油の入ったボトルのことを思った。白でまとめた服装の乱れを整え、あたりを一周した。誰も彼に気づかなかった。

晴れ渡った一二月の朝のことだった。一二月一七日。頭の中をたくさんのイメージが、入り乱れながら駆け巡った。病床の母、棺の中の父、文学部にいる自分、微笑んでいるゼイネプ、怒っているゼイネプ、何もしないでと彼に懇願するゼイネブ、母もベッドから起き上がり彼を呼び求める、自分を平手打ちにした女の顔、女はもう一回、平手を喰らわせる、まるで死刑執行人に引き渡されるかのように前のめりに傾いだ自分のからだ、青い空、自分を護ってくれる巨大な木、その木の下で彼はゼイネブの腕に抱かれている、学校に遅れまいと走っている幼い自分、よく褒めてくれたフランス語の先生、学部の試験、父と母に見せた卒業証書、「失業者」と書かれたプラカードに貼り付けられた卒業証書、自宅の流し台で燃える卒業証書、再び父の埋葬、泣き声、鳥たち、大統領とバカでかいサングラスをかけたその夫人、女性警官が彼を平手打ちする、別の警官が侮辱する……雀の群れが空を飛んでいく、スパルタカス、水汲み場、母と二人の妹が並んで水を汲むのを待っている、またもや彼を苛む警官たち、辱めの数々、殴られ、辱められ、殴られ……。

最後にもう一度、彼は市長に面会を求めた。拒絶、そして侮辱。守衛に棍棒で突かれて、その場に崩れた。それからムハンマドは無言のまま起き上がった。市役所の玄関の正面まで行って立ち止まり、鞄から軽油の入ったボトルを取り出して、空になるまで頭から足の先まで軽油をかけた。そして赤いビックのライターに火を点し、一瞬、炎を見つめ、服に近づけた。

火はすぐに燃えひろがった。ほんの数分。群衆が駆けつけた。市役所の守衛が喚いていた。自分の上着で火を消そうとした。ムハンマドは火柱となった。救急車が到着したとき、火は消えていたが、ムハンマドは人間の姿をすべて失っていた。黒焦げになった羊の丸焼きのようだった。

守衛は泣いていた。「全部、俺のせいだ、俺が助けてやらなきゃならなかったのに……」

23

ムハンマドは病院にいる。全身を包帯で巻かれて。経帷子のように。昏睡状態にある。廊下が騒がしい。白衣の医師らと看護師たちが、ムハンマドの病室に続く廊下をさかんに行き来する。そこに大統領がいる。大統領はムハンマドの安否を訊ねにやって来たのだ。大統領は不満気だ。ムハンマドと面会しなかった市長について問い質す。その更迭を命じる。大統領は怒っている。海外のメディアがこの件について報じていることを知る。

大統領は医師の一団をつき従えて病室に入る。

猥褻で人を愚弄する光景。

国中が蜂起する。ゼイネブは髪をひとつに結え、デモの先頭に立つ。彼女は叫ぶ。声を張り上げ、拳を突き上げる。

二〇一一年一月四日、ムハンマドは息をひきとる。

デモのいたるところで叫びがあがる、「我々みながムハンマドだ」

大統領はこそ泥のように国を逃げ出す。専用機は星の輝く夜の中に姿を消す。

24

国中でデモがわき起こる。
ムハンマドの写真。犠牲者でありシンボルの写真。
世界中のテレビが国に押し寄せ、彼の家族を見舞う。
映画プロデューサーも家族に会いに来る。悲嘆に暮れる母親に封筒を差し出して言う、
「この援助を受け取ってください。ほんの気持ちです。運命はあまりに残酷で

不公正です」

それから彼は声を落とし、泣き濡れる老女の耳元で囁く、

「誰にも話してはいけませんよ。記者のインタビューにも絶対に応じないように。私が助けてあげますからね。ムハンマドの物語を語るのはこの私です。世界中の人々に何が起きたか知らせるんです。ムハンマドは英雄です。犠牲者であり殉難者です。よろしいですね。あなたが話をするのはこの私、私だけですよ。もう行きますが、何でも必要なものがあったら、これが私の名刺です、これが携帯番号、私に連絡するんですよ」

この御仁が何を言っているのか、母にはさっぱり分からなかった。しかし、娘二人はじゅうぶん理解していた。「あいつは兄さんの死を金で買うつもりなのよ、ひと儲けするために！　おぞましい、なんておぞましいの！　ムハンマド兄さんの物語を、誰も一人占めすることなんてできない。ごくふつうの人間の物語、こ

の世に何百万といる者たちの物語なのだから。生きるなかで打ちのめされ、辱められ、否定され、ついに火花となって世界を燃え上がらせた人間の物語。誰も兄さんの物語を盗んだりはできない」

訳者解説

1

あれはカサブランカだったか。かつて――もう三〇年も前の話だ――カイロに留学していたとき、夏休みに北アフリカを旅した。チュニス、アルジェを経てモロッコへ。街を散策していると、旧市街の一画、モスクの前のちょっとした空間で、五、六人のジュラバ（フードつきの長胴着）姿の女たちがそれぞれにビニールの敷物を地面に広げ、物売りをしていた。おそらく日用雑貨の類が並べられていたのだと思う。カイロの下町でも見かける中東の街角のごくふつうの光景。そこに突然、爆音が轟き、大型バイクが一台、突っ込んできたかと思うと、制服姿の大柄な警官がバイクから飛び降り、一人の女の商品をビニールシートごと蹴散らかした。一瞬の出来事。何が起こったのか、最初は分からなかった。警官は獣の咆哮のように女を怒鳴りつけ――人間がこんな声で他人を怒鳴りあげるのを、私はそれまでの人生で耳にしたことがなかった――、女たちは慌てふためきながら商品をまとめて散り散りに去って行った。

三〇年も前の出来事を今でもありありと覚えているのは――警官が着ていたグレイブルーの制服も、その顔かたちまで記憶している――、その光景があまりにショックだったからだ。そのあからさまな暴力。人を人とも思わない、他者の人間性を否定した振る舞い。女たちが立ち去った空間は、やがてぎこちなく日常の時を再び刻み始めたが、私の目に映る風景はもはや、警官来襲以前ののどかな、明るい街のそれではなかった。

その数年後、私は縁あってモロッコに職を得て、首都ラバトで三年間を過ごすことになった。初出勤の日の朝――それは断食月のことだった――、おろしたてのスーツに身を包み通りを歩いていると、歩道に等間隔でジュラバ姿の女たちが座っている。女たちの前にはそれぞれ古ぼけた木箱が逆さにして置かれ、底の上に何やらレースで編んだ花瓶敷きのようなものが何枚も重ねられて並んでいた。近づいてよく見ると、レース編みに見えたそれは、薄いクレープ生地だった。あまりにも薄くて穴だらけなので、レース編みのように見えたのだ。あとで同僚に訊くと、蜂蜜などをかけて食べるものだという。時折、身なりの良い者が買っていくのも目にしたが、お世辞にもきれいとは言えないささくれ立った木箱の底にじかに置かれたそれは、およそ清潔とは言い難く、あの人たちはこれを買って帰って、ほんとうに食べるのだろうかと思わずにはいられなかった。だが、そのときだ、このクレープ生地の意味に気づいたのは。

二〇〇一年一〇月、米軍による空爆に見舞われ、破壊されたアフガニスタンをのちに取材した作家の辺見庸は、カーブルの街で出会った、煮しめたような色のブルカ（頭部をすっぽりと覆い、目の部分だけがメッシュになっている外套）をまとった物乞いの女について、「ブルカは脱ぐも脱がないもない、しばしば、生きんがための屈辱を隠してもいるのだと知った」と書いた（朝日新聞二〇〇二年一月八日朝刊「私の視点」）。穴だらけの、クレープ生地とも呼べないようなクレープ生地は、モロッコの女たちの「生きんがための屈辱を隠」すブルカなのだ。わずかな小麦粉と水と鉄板さえあればクレープは焼ける。なけなしの小麦粉でできるだけたくさんの生地を焼いて、それを「売る」。彼女たちが得るのは、労働の対価であり、そうであるかぎり彼女たちは物乞いではない。顔を覆う一枚の布が与える匿名性が物乞いをして生きる屈辱からカーブルの女の尊厳を守っているように、レース編みのようなクレープ生地はモロッコの女たちが尊厳をもって生きることをぎりぎりのところで可能にしているのだ。彼女たちだけではない。旧市街の市場に行くと、通りの脇に立って、道行く人々に神の平安と祝福を祈る男たちにしばしば遭遇する。たいていは老人であったり、なんらかの障害を持っていたりする者だ。通行人はさりげなく彼らの手にコインを握らせる。これもまた、これらの男たちにとっては他者に神の平安と祝福を祈ることに対して支払われる対価であって、物乞いに対する施しではないのだ。

イスラームでは喜捨（貧者への施し）がムスリムの宗教的義務であるので、街で見かける物乞いたちも実に堂々としていて悪びれない。ムスリム社会で暮らしていると、貧者の当然の権利として施しを要求する物乞いたちの姿を見慣れているので、ついつい、これらの社会では人が物乞いになることへの心理的抵抗がないのではないかと思ってしまいがちだ。実際、喜捨の実践がとくに推奨される断食月となると、物乞いの姿が目立って多くなる。だが、その陰には、レース編みのようなクレープ生地を焼くことで、あるいは道行く人に神の祝福の言葉を与えることで、物乞いになるしかない生の際に踏みとどまって、人間としてぎりぎりの尊厳を守ろうとする者たちが無数にいる。

海の青に白い雲、白い街並み、通りを縁どる緑の街路樹、春なら藤色のジャカランダの花が、初夏ならみずみずしいオレンジの実がアクセントを添えているだろう、そしてミントの甘い香り……。まるで絵葉書の写真そのままの風景。その一方で、一九八〇年代後半のモロッコはコネと賄賂がものを言う社会だった。失業率も高く、街中のカフェは昼間から、仕事に就けない男たちで溢れていた。みな、暗い目をしていた。仕事のない夫に代わって女たちが、中流家庭の家事手伝いや路上の物売りをして家庭を支えていた。二〇代の仕事のない青年たちは「学生」だと名乗るのがつねだった。学生という詐称は、彼らの「ブルカ」なのだろう。観光地に行くと、外国人の姿を見るや、これらの「学生」たちが我先にと周りに群がり、ガイドをすると言ってしつこくまとわりついて離れなかった。中には客のとりあいをしてガイド同士殴り合う者たちもいた。こうした若者たちは当然のことなから外国人に辟易され軽蔑されたが、彼らは手っ取りばやく日銭を稼ぐことしか眼中になかったのだろう。そのなりふり構わぬ愚かな必死さが、逆に客を遠ざける結果になっていたのだが、そんなことに思いを致すこともできないくらいに彼らは必死だったのだ。

もちろん、そんな若者たちばかりではない。いや、むしろ、大半の若者たちはどうしようもない貧しさの中で、外国人と関わりをもつことなど考えもせず、勤勉に生きていたにちがいないのだ。ある冬の夜、通りの街灯の下に座って一心に本を読んでいる若者がいた。おそらくバカロレア（高校卒業試験）の勉強をしていたのだと思う。貧しい家庭では自分専用の勉強部屋などあるはずもなく、兄弟姉妹のいる狭い自宅で試験勉強などできない。だが、大学を出たところで、コネがなければ仕事などない。誠実で実直であればあるほど、報われず、貧困と恥辱のうちに暮らさねばならない社会。当時、新聞の片隅にときどき、北部の海岸で溺死体が発見されたという記事が載った。夜の闇に紛れて小舟で対岸のスペインに密航しようとして沿岸警備隊に発見されそうになり、海に飛び込んで亡くなった若者たちだ。

社会が間違っているのだ。しかし体制批判、とくに国王批判はご法度だった。体制を批判する者は政治犯として投獄された。私は、労働運動をして八年間、投獄されていた者を知っている。拷問され、片方の耳に穴があいたという。「煙草を吸うとね、煙が耳から出てくるんだよ」と言って彼は笑った。アラブ文学には獄中文学というジャンルが成立するほど、政治犯の体験を描いた小説が各国で書かれているが、モロッコも例外ではなかった。新聞もジャーナリズムの機能など果たすべくもなかった。「どうしてモロッコの新聞にはどれも、クロスワードパズルがあるか知ってるかい？」あるとき、モロッコ人の知人が聞いた、「そこしか読むところがないからだよ」。

そして、モロッコは密告社会だった。誰がどこで聴いているか分からない。同僚も兄弟も信用できない。体制に批判的な父親を密告して当局に売った男もいる。市役所で働くあるモロッコ人女性の仕事は、密告に来る市民の話を聞いてコンピューターに入力することだった。たとえばタクシーの運転手が、乗客がこんな話をしていたというような情報を提供して、わずかな報酬を得るのだという。入力したあとその記録はどうなるのか、誰が読むのかと尋ねると、「誰も！　入力してそれでおしまい」と彼女は笑って答えた。「どれも屑のような話ばかりだもの」。体制にとって肝心なことは、寄せられる情報の内容ではない。密告者がそこここに現に存在するという事実、たとえばふと国王批判の言葉が口をついて出たとき、バックミラー越しにこちらを見遣った運転手の一瞥に、当局につながる誰かがいつもどこかで耳をそばだてているという事実を市民が肌で感じることなのだ。

数年前、十数年ぶりにモロッコを訪れた。国王が代替わりして、独裁者であった父王と違い、若き新国王はそれなりに善政をおこなっているようだった。EU諸国への渡航条件も緩和され、出稼ぎも増え、四半世紀前、私が暮らしていた頃と比べると、人々の目は、ずいぶんと明るくなっているように思われた。観光地で外国人に群がる自称ガイドの「学生」にも出会わなかった。だが、一九八〇年代の後半のモロッコで私が垣間見た社会の深い闇——コネ社会、賄賂、密告、独裁、貧富の格差、物乞いたち、学校に行かず働く子供たち、失業、密航、表現の自由の抑圧、政治犯、投獄、拷問……そして何より若者たちを蝕む未来に対する絶望——、それは程度の差こそあれ、チュニジアやエジプトなど、それから二〇年後に市民が決起し、革命に見舞われることになる国々に共通する現実だった。

2

エジプトの首都カイロ、その中心部にあるタハリール広場を、大統領独裁の打倒を求めて数十万という市民が占拠して一八日目の二〇一一年二月一一日——すでに官憲との衝突で数百名が命を落としていた——、ムバーラク・エジプト大統領の退陣が発表され、エジプト全土が歓呼の声に沸き立った。ムバーラク独裁体制の崩壊、それは、前年暮れにチュニジアに始まり、二〇一二年九月現在もなお進行中の一連の中東革命——俗に言う「アラブの春」——の、一つのクライマックスだった。この出来事を受けて直ちに刊行された『現代思想』臨時増刊号の「中東革命特集」に寄せた一文を私は次のような書き出しで始めた。以下、少し長くなるが引用する（採録に当たり、表現を一部改変した）。

二〇一一年一月二五日から一八日間にわたり、世界の目はカイロのタハリール広場に釘づけになった。三〇年続いた大統領独裁からの解放を求めて、タハリール広場に結集した何万人もの人々。彼らだけではない。カイロ市全域で、そしてエジプト各地で、人々は立ち上がった。「パンと自由と人間の尊厳」を掲げて。治安部隊による強権的な弾圧にもかかわらず――三〇〇名もの市民が命を落とした――、人々は声を上げるのを止めようとはしなかった。そして、二月一一日、大統領は退陣した。まさに人民による人民のための革命だった。チュニジアとエジプトの革命を振り返って中東史の専門家、ラシード・ハーリディは、「私たちはおそらく、世界の歴史的瞬間であろうことを特権的に経験しているのだ」と書いた（Rashid Khalidi, "Reflections on the Revolutions in Tunisia and Egypt", *Foreign Policy*, February 28, 2011）。

だが、私たちがこの間、目撃した何が、私たちの経験を「特権的」なものにしているのだろうか。世界唯一の超大国に支えられ三〇年間続いた、アラブ世界でもっとも揺るぎないと思われた体制が、怒涛のように押し寄せた市民の勢いの前にあっという間に崩壊してしまった、まさに約三〇年にわたり市民の前に立ち塞がって来たベルリンの壁が、ある日突然、崩壊してしまったように。だが、単にそれだけではない。一八日間にわたり世界が目撃していたもの、それは、私たちが「歴史」と呼ぶものが生成するその瞬間だったのだと思う。タハリール広場で起きていたこととは、「歴史」とは何かを、出来事そのものが自ら開示する、そのような出来事だった。すなわち、「歴史」とは、自由を求める人間の不断の闘いの軌跡にほかならないということ――。エジプト革命にしてもベルリンの壁にしても、それが「世界の歴史的瞬間」であるとしたら、それは、これらの出来事が「人間の歴史」そのものと同義であるからだ。人間の自由への意志が歴史にひとつの痕跡を刻みつけた瞬間だからだと思う。

今、読み返すと、文中引用したラシード・ハーリディの言葉にも、そして私自身の文章にも、「世界の歴史的瞬間」を目にした者の興奮と精神の昂揚がうかがわれる。チュニジアで、エジプトで、市民の非暴力デモが数十年にわたる大統領独裁を打倒し、自由を求める人間の不屈の意志が抑圧に勝利したのだ、それをリアルタイムで体験したその直後だったからこそ書きえた文章であると思う。これら市民の勇気に鼓舞されて、独裁政権下で、あるいは占領下で、自由と尊厳を抑圧されている市民や難民たちが中東各地で立ち上がった。だが、時を追うごとに体制の反撃は増していった。リビアではカッザーフィ（カダフィ）大佐が反体制派に対するなりふり構わぬ軍事攻撃の末、捕えられ、私刑によって無惨に殺されるという末路をたどり、そして、シリアでは今なお政府軍と反政府軍の戦闘によって市民に対する虐殺の応酬が続き、出口の見えない内戦状態と化している。シリアの内戦もまた「アラブの春」と呼ばれた一連の中東革命の帰結であるならば、「プラハの春」がそうであったように、そして歴史を振り返ればあらゆる革命のその後がそうであったように、「アラブの春」も、解放の歓喜よりも人間の悲しみと痛みを招来している。もちろん一連の中東革命の現実がその後、闇となったからと言って、チュニジアのジャスミン革命やエジプトの一月二五日革命の輝きがいささかも否定されるものではない。しかし、それらの革命の帰結としてその後、シリアで何千、何万という市民が——必ずしも命を賭して体制打倒の列に加わったのではない者たちが——虐殺されるという現実を知るなら、一年半前のあのナイーブさで、あれらの出来事の輝きを無条件に讃えることはもはやできない。少なくともそこには、ある種の痛みが伴わずにはいないだろう。

本書の原著（フランス語原題 ***Par le feu***）がフランスのガリマール社から出版されたのは二〇一一年の六月、だとすれば本書もまた、ジャスミン革命と一月二五日革命がもたらした興奮と精神の昂揚の中で筆がとられた作品であるにちがいない。

3

二〇一〇年一二月の末に始まるチュニジア市民の抗議運動によって、一九八七年以来、同国に君臨したベン＝アリー大統領は翌二〇一一年一月一四日、国外に遁走した。抗議行動が歴史的「革命」となった瞬間だった（大統領はフランスに亡命申請したが拒絶され、その後、サウジアラビアに受け入れられた）。このチュニジアの革命が、三〇年にわたる大統領独裁のもとにあったエジプト市民を鼓舞し、一月二五日の決起へとつながり、さらには同じように独裁政権や抑圧的な体制下にある中東諸国へと広がっていくことになる。これら一連の革命の発端となったのが、チュニジア中部の地方都市、シーディ・ブズィードに暮らす貧しい一青年、ムハンマド・ブアズィーズィの焼身自殺という出来事だった。

父を亡くし、荷車で果物の行商をして母と妹や弟を養っていたムハンマド・ブアズィーズィ青年（二六歳）は、二〇一〇年一二月一七日、警官の嫌がらせに遭い、商売道具を没収され、市長に面会を求めたが断られ、市庁舎前で自らのからだに火を放ったのだった。火柱と化した彼の姿を、その場に居合わせた者たちが携帯写真に撮り友人たちに送り、さらに転送が繰り返されたことで、出来事は瞬く間にチュニジア全土に知れ渡った。ムハンマドがそのからだに火を放ったとき、彼は我知らず中東革命の導火線に点火したのだった。

この出来事を受けてターハル・ベン＝ジェッルーンは独裁体制下の腐敗した社会で、貧しいが実直で聡明な青年が、なぜ、いかにして自らの肉体に火を放つに至ったのかを、そして、その炎がなにゆえに中東の各地に燃え広がったのかを、作家の文学的想像力を駆使して描いた。それが本書『火によって』である。それは、チュニジアとエジプトで、いずれも数十年に及ぶ大統領独裁を打倒した市民の輝かしい革命の導火線となったムハンマド・ブアズィーズィに捧げられたオマージュであると同時に、彼の母国モロッコもその一部である中東アラブ世界で、市民が今まさにその命を賭して自由と尊厳を求め、独裁打倒の革命を展開しているとき、パリの書斎にいる作家に何ができるのか、小説に何ができるのかという問いに対する、文学者の遂行的な応答である。自らの肉体を燃やすことで革命の端緒を開いたアラブの一青年の生を文学者として想像／創造することを通して、ベン＝ジェッルーンは作家にしかできない形でこの革命の一端に与ったのだと言える。

作品のフランス語原著は五〇頁足らず、文章は平易にして簡潔。説明的な叙述は極力排除され、描写の多くは主人公の視点から、彼の目に見えたこと、彼が感じたことが淡々と述べられる。原文の動詞はもっぱら単純過去と半過去で綴られ、それが最後の二章で一転して直説法現在に変わり、ムハンマドの焼身を契機に世界がダイナミックに反転するさまが劇的に表現されている。

主人公のムハンマドと恋人のゼイネブ、そしてムハンマドの三人の弟と青果卸しのブジャイブを除いて固有名詞は登場しない。本作品の特徴のひとつはこの匿名性にある。ゼイネブも、アラブ世界ではもっともありふれた女性の名のひとつであり、ムハンマドという名と同様、誰もがそこに代入可能な、ほとんど匿名に等しい名前である。ムハンマドの焼身行為と市民の決起、そしてこそ泥のように国を逃げ出した大統領、世界に広がる革命という出来事の流れは、チュニジアで起きた革命と同じだが（しかし、第一四章で大統領の在位三〇周年を記念する祝典風景がテレビで放映されているが、チュニジアのベン＝アリー大統領は在位二三年であり、三〇周年を迎えたのはエジプトのムバーラク大統領である）、作中のムハンマドと実在するムハンマド・ブアズィーズィの同一性を示唆するのは、唯一、二〇一〇年一二月一七日と二〇一一年一月四日という二つの日付だけだ（前者はムハンマド・ブアズィーズィが市庁舎前で体に火を放った日、後者は彼が息をひきとった日）。人間だけではない。特定の国や社会をイメージさせる具体的な描写はひとつもない。いずれの国の話でもないということは、いずれの国の話でもありうる、ということだ。

教員であったムハンマドの採用を教育省がとりやめたのは、おそらくは、しかるべき筋に賄賂を渡さなかったためだろう。私はかつて留学中のエジプトで、ヴィザの更新のために五回も役所に足を運ぶ羽目になった。足りないと言われた書類を用意して持っていくたびに、今度はしかじかの書類が足りないと言われて突き返された。どうして最初から一遍に、足りない書類をすべて教えてくれないのだろうと、世知に疎い大学生は役人の要領の悪さを呪ったが、今にして考えれば、足りないのは書類ではなく何がしかの紙幣だったのだろう。書類の束のあいだにそれをさりげなく挟んでおけば、おそらくは一回で迅速に処理されたにちがいない。一時が万事、そういうことなのだ。

大学を出て、歴史の教師として教壇に立っていた、真面目で実直で勤勉で家族思いの優しい青年が、荷車の行商で何とか家族の糊口をしのぐことだけが彼の全存在をかけた闘いとなり、彼の「夢」と言えば市場に自分の小さな店舗を構えること。公正な社会であったなら自分が当然なしえるはずのこと、夢見るであろうはずのことと、この現実の落差。青年たちは日銭を稼ぐために知恵を絞ってありとあらゆる仕事を考え出すが、逆に言えば、彼らの創造性や可能性がそんなことに無駄に傾注されているということだ。社会が間違っているのだ。だが、体制批判は死を覚悟しなければならない。社会が変わらない限り、この落差を宿命として生きていかなければならない。この絶望的な落差に絶望せずに、自暴自棄にもならずに、気も狂わずに、正直に、誠実に生きていくことが、誇り高い若者たちにとってどれだけの忍耐と精神力と勇気を必要とすることか。だから一か八か密航船に乗り込む者たちがいる。こんな屈辱に耐えながら、それでも生きる側に踏みとどまり続けることは、死ぬかもしれない船に乗り込むことよりもはるかに勇気が要ることなのだ。

第一八章でムハンマドは、当局によって拷問され殺された青年の葬列に遭遇する。おそらくこの青年は、体制に対して批判的な発信をネットカフェで行っていたか、あるいは警察からそのように見なされたのであろう。これはエジプトのアレキサンドリアの青年、ハーレド・ムハンマド・サイードがモデルになっている。二〇一〇年六月、ネットカフェにいたハーレド（二七歳）は警官にカフェから引きずり出され、暴行を受け、殺されたのだった。ハーレドの死を受け、「我々みながハーレド・サイードだ」（We are all Khaled Saeed）というグループが結成され、フェイスブック等を通して活動を開始する。チュニジアの革命がエジプトの若者たちをにわかに糾合していった背景には、すでに「我々みながハーレド・サイードだ」をはじめ複数の市民運動がエジプトで展開されており、革命の下地ができていたという事実がある。第二三章でムハンマドの死を受けて抗議デモの中から湧き上がる「我々みながムハンマドだ」という叫びは、こうした出来事と呼応している。ムハンマドの死がなぜチュニジア全土の青年たちの決起につながり、それがエジプト、そしてアラブ諸国の革命へと連動していったのか、我々みながムハンマドであり、我々みながハーレド・サイードだという叫びは、チュニジアで、エジプトで、アラブ世界の各地で、そこに生きる青年たち一人ひとりの心の叫びとして共有されていたからにほかならない。

路上の物売りたちを警官が襲撃する場面（第一二章）で、映画「スパルタカス」の名が登場する。ローマの圧政に対して奴隷たちの反乱を指揮した剣闘士の物語だ。映画のクライマックス、ローマ軍に敗れ、奴隷たちは捕えられる。スパルタカスを引き渡せば命を助けてやると言われた奴隷たちの中から次々と湧き上がる、「俺がスパルタカスだ」の叫び。言い換えれば、「俺たちみながスパルタカスだ」ということだ。一旦は警察のバンに轢き殺されたスパルタカスだが、作品の最後、「我々みながムハンマドだ」の叫びの中に、スパルタカスが甦る。人間の歴史とは、圧政に抗して自由と尊厳を求めて立ち上がる、この無数のスパルタカスたちによって築かれているのだと宣言するように。

4

作者は、アラブの一青年の生を文学者として想像／創造することを通して、革命の一端に参与したと先に書いた。本書に描かれる、焼身自殺へと至るムハンマドの生の大筋は、実在するムハンマド・ブアズィーズィ自身の伝記的事実をなぞっているが、しかし、作品それ自体は、ターハル・ベン＝ジェッルーンという一作家の文学的想像力によって構築された虚構《フィクション》である。これは、ムハンマド・ブアズィーズィに捧げられたオマージュであるが、ムハンマド・ブアズィーズィの物語ではない。文学の力、現実と切り結ぶ文学の可能性とは、この虚構性にある。それを強調した上で、以下、実在のムハンマド・ブアズィーズィとベン＝ジェッルーンが創造したムハンマドの異同について検討したい（混乱を避けるために、ムハンマド・ブアズィーズィはブアズィーズィと表記して、本書の主人公ムハンマドと区別する）。

もっとも大きな違い、すなわち作者による虚構は二点。一つは、本書では主人公は大卒で教員免許をもち、教壇に立った経験もある人物として描かれているが、実際のブアズィーズィはバカロレアに合格していない。つまり大学には行っていない。父親は彼が三歳のとき亡くなり、彼は大学進学をあきらめ、家族を扶養することに専心した。自分は大学に行かずに妹を大学にやるために頑張って働いていたという。（ちなみに近所の人たちにはバスブーサの愛称で親しまれていた。バスブーサとは、アラブの甘い焼き菓子の名前である。彼の人柄がうかがえる。作中では、子どもたちに優しく、子どもたちから慕われている主人公の造形につながっていよう。）さて、もう一点は、焼身を実行するまでの経緯である。

実際のブアズィーズィもまたムハンマド同様、ずっと警官の嫌がらせにさらされてきた。バカロレアの勉強がじゅうぶんに出来なかったということは、幼い時分に父親を亡くし、少年のころから働いて家計を助けていたのだろう。いつごろから荷車での行商を始めたのかは分からないが、ムハンマドよりはるかに長い歳月、警官の嫌がらせに遭いながら働いていたことは確かだろう。ブアズィーズィは二〇一〇年一二月一七日、警官に罰金を払うよう要求されたが払えず、荷車を没収され、公衆の面前で平手打ちされ、唾を吐きかけられ、面罵され、その足で市長に面会に行くが叶わず、そのままガソリンスタンドに行き軽油を買い、市庁舎の前で自らの体に火を放ったのだった。本作で二日間にわたる出来事として描かれているそれは、実際には一日、おそらくは数時間の出来事だった。

ブアズィーズィを平手打ちし、罵倒したのは女性警官で、衆人環視のなか女の警官からそのような辱めを受けたことに癒しがたいショックを受けたのだと、ブアズィーズィの妹は語っている。ベン゠ジェッルーンの作品でも女性警官が平手打ちし罵倒したと描かれ、彼が焼身に及ぶ直前、人生を回顧するなかで、この女性警官による殴打と侮辱のイメージが繰り返し想起されている。女性警官ではなかったという証言もあり、真相は分からないが、荷車を没収された上に、公衆の前で殴打され、罵倒され、辱められたこと、その憤りに駆られて、理不尽な仕打ちを市長に訴えようとして、とりあってもらえなかったことで、この実直な青年のなかの何かが、取り返しのつかない形で壊れてしまったのだ。抑えがたい憤怒が爆発したように、ブアズィーズィは自らに火を放ったように感じられる。しかし、その激情の中でさえ、彼の怒りの矛先は自分を辱めた警官や自分の訴えにとりあわなかった市長という他者を傷つけることには向かわなかった。この青年の、心底からの優しさを見る思いがする。

ベン＝ジェッルーン描くムハンマドにおいて、出来事は螺旋状に段階を追ってゆっくりと展開していく。荷車を没収されて一夜明けた翌朝、ムハンマドは父が亡くなって以来、初めての礼拝をする。白い上下に身を包み（第一五章でムハンマドの夢の中に出てくる父の白装束が示唆しているように、白はムスリムの死に装束の色だ）、まるで別れを告げるかのように、母の額に接吻し、眠っている弟たち、妹たちに目をやっている。このときすでに彼の中で死の予感が胚胎されていたことを作品は暗示する。市庁舎へ行く途中、ガソリンスタンドで軽油を買い求めたとき、「火によって」という可能性が具体的に予感されていたのか。市長に面会を求めるが叶わず、前日、荷車が没収された通りに行き、警官に商売道具を返してくれるよう頼むが、女性警官に平手打ちされ、罵倒され、精神的に打ちのめされる。死の予感が明確な意志へと形をなすのはこのときだ。市庁舎に戻り、再び市長との面会を求めて追い返され、ここで鞄の中の軽油を意識する。そして市庁舎の周りを歩きながら、人生を回顧する――自分がこれからしようとしている行為を知ったなら必死になって止めるであろう母、そしてゼイネブ。もう一度、市長との面会を求め、怒った守衛にど突かれて地面に倒れ、起き上がり、そして、決意は静かに実行に移された。

実在のブアズィーズィの場合、出来事はまさに津波のように押し寄せ、抗いえない勢いで彼を押し流していったように見える。それに対して、ムハンマドの焼身自殺は、最後の瞬間まで、その実行を回避する可能性（市長が訴えを聞き届けてくれること）を追求しながら、それが叶わず、これしか残されていないものを自らの意志で選択するのだという形で行為に及んでいる。作者は、現実には荷車の没収と同時に起こった殴打と罵倒による辱めを二日に分けて描き、死の予感が徐々に明確な意志へと形をなしていき、平手打ちされ面罵されることが決定的な出来事となって彼に「それ」を決意させ、母やゼイネブの懇願をもってしても覆しえない固い決意であることを描く。そしてダメ押しのように、ライターに点火したあと、それをからだに近づける前に一瞬、その火をムハンマドに見つめさせることで、これが激情の発作に駆られたものではなく、意志的な行為であることを強調している。

本書を読んで私は、沖縄の本土復帰から一年後の一九七三年、国会議事堂の正門にバイクで激突して亡くなった沖縄の青年、上原安隆（ブアズィーズィと同じ二六歳だった）を想起したが、ブアズィーズィの焼身に関する報道を読んで思ったのは、姜文監督の映画「鬼が来た！」（二〇〇〇年、中国）の主人公、馬大三だった。日本軍占領下の中国で、日本軍に翻弄され、村人も家族も虐殺された馬大三——貧しく、目に一丁字もない農民である——は、戦後、街で偶然、同じ日本兵たちに出くわして、突然、我を忘れ、刃物をもって彼らに斬りかかっていく。馬は捕えられ首を刎ねられるのだが、処刑前に、言い残すことはないかと問われて、言葉にならない、獣のような叫びを上げる。自分に火は放っても、決して人を傷つけようとはしなかったブアズィーズィ青年と、日本兵に斬りかかっていった馬大三では対照的に見えるけれど、しかし、辱められながら、愚弄されながら、それでも耐えがたきものを必死で耐え続けた者が、まるで表面張力でかろうじてこぼれずにいるコップの水にほんの一滴、水が落ちたことで突然溢れこぼれるように、何かをきっかけに突如決壊してしまったのは同じだ。そして二人とも死の淵で、言葉にならない、歴史に書き記すことのできない、凄絶な痛みの叫びを上げて死んでいった（ブアズィーズィのからだから燃え上がる炎は、彼の、言葉にならない叫びにほかならない）。

『火によって』の主人公、ムハンマドの意志的な焼身行為は、ブアズィーズィの発作的なそれと決定的に異なるものだ。もし、ムハンマドが物語の最終局面で、ブアズィーズィのように、これまでも何十回とあったであろう警官の嫌がらせが、その日に限って彼を激情に駆りたて、それゆえに行為に及んだとしたら、いかにも唐突な印象を与えるだろう。ムハンマドというこの思慮深いキャラクターには似つかわしくない振る舞いだ。『火によって』という小説は、作品としてじゅうぶん説得力がある。それは、実在したブアズィーズィ自身の物語ではないかもしれないけれど、ムハンマドというこの一人の青年がなぜ焼身自殺しなければならなかったか、その出来事がなぜ一連の中東革命の引き金となったかを読者に過不足なく教えてくれる。だが、それは、ブアズィーズィの物語ではない。もう何年も何年も警官に嫌がらせをされながら、それでも家族のためにそれに耐えてきたはずのブアズィーズィが、なぜ二〇一〇年一二月一七日その日の、その侮辱だけは許せなかったのか。その日に限っての、何か特別な、致命的なことがあったはずだと人は考える。公衆の面前で女の警官に辱められたことが決定的だった、と妹は言う。そうであったのかもしれない。だが、それまでにも、女性警官から同じような目に遭ったこともあっただろう。その日、彼が被った辱めは、コップの水に落ちた最後の一滴だったのではないか。同じような屈辱に何年も何年もさらされ、それをずっと、ぎりぎりのところで耐え忍んできたからこそ、だからその日だって耐えられたはずだ、なぜそうではなかったのか、ではなく、だからその日の屈辱が最後の一滴となって、どんなに辱められてもこちら側に踏みとどまろうとしていた彼の、生きんがための屈辱を隠す最後のブルカを引き裂いてしまったのではないか。馬大三が襲いかかったのも、何か特別なことがあったわけではない、ただ脳天気な日本兵の姿を見ることが最後の一滴となって、彼は激情の奔流に流されていったのだ。

大学を出たムハンマドには卒業証書がある。何の役にも立たないと言って、彼はそれを燃やしてしまったけれど、彼には学位があり、教員の資格もあり、教壇にも立った。学士失業者の運動にも参加していた。自分に対する官憲の横暴、人間の尊厳を踏みにじる彼らの振る舞いを、ムハンマドは社会正義の問題として捉えていた。その正義なき社会を告発するために、自らの身を犠牲にしたのだとも言える。一家の稼ぎ手である自分が死んだとしても、母や恋人が悲しんだとしても、人間の尊厳を愚弄してやまないこの社会を自らの肉体を武器にして撃つことが必要なのだという結論を彼は下したように思える。他方、ブアズィーズィはムハンマドが持っているものを持っていなかった。ムハンマドよりもはるかに長い年月、辱められながら、穴のあいた薄いクレープ生地を売る女たちや通行人に神の祝福を祈る男たちのように、いつ擦り切れてもおかしくない「ブルカ」で、彼は自分の尊厳を守り続けてきたのではないだろうか。その日、彼が受けた辱めは、そのブルカを切り裂いて、彼の最後に残された尊厳を致命的に傷つけてしまった。市長に面会を断られたことで、彼は自分がこの世界のすべてによって救いようもないまでに、徹底的に無価値なものとして貶められていると感じたのではないか。（私は、新宿西口バス放火事件の犯人で、無期懲役を宣告され、のちに獄中で自殺した丸山博文にも同じものを感じる。）何も持たない人間が、自らに残された最後の尊厳を傷つけられたと感じるときに覚える絶望の深さ、痛み。それを知るには、私自身はあまりに多くを持ちすぎている。大卒でありながら不公正な社会ゆえに報われず、理不尽に辱められるムハンマドの痛みは容易に想像することはできるが、ブアズィーズィの（あるいは丸山博文の）絶望の深さと痛みを、私が自分自身の経験から実感することはできない。だからこそ私たちは、文学を必要としているのだと思う。私たちとアラブ世界を架橋するのではなく、私たちとブアズィーズィを（あるいは丸山博文を）架橋する文学的想像力が必要なのだと思う。

5

ムハンマド・ブアズィーズィの焼身自殺が、チュニジアを変え、エジプトを変えた。彼自身がチュニジア、そしてエジプトにとって、「最後の一滴」だったにちがいない。彼は祖国の英雄となった。彼の死後、欧州議会は、エジプトやシリアなどの「アラブの春」の一連の活動家らとともに、ムハンマド・ブアズィーズィにサハロフ人権賞を授与した。パリにはムハンマド・ブアズィーズィ広場が新たに造られ、首都チュニスでも、それまでベン＝アリー大統領の政権奪取を記念して一一月七日広場と呼ばれていた広場が、ムハンマド・ブアズィーズィ広場と改名された。映画化の話もある。「生きるなかで打ちのめされ、辱められ、否定され、ついに火花となって世界を燃え上がらせた」ムハンマド・ブアズィーズィは、その衝撃的な死によって、世界に記憶され、さまざまな形で顕彰されている。

他方、ブアズィーズィの死後、半年のあいだに、チュニジアだけで一〇〇件以上の焼身自殺（未遂も含める）があったという。その多くが、ブアズィーズィと同じような境遇におかれた貧しい、教育のない若者たちだった。彼らはブアズィーズィと同じように、「生きるなかで打ちのめされ、辱められ、否定され」、生きんがための屈辱に日々さらされながら、擦り切れた「ブルカ」で必死に尊厳を守り、かろうじて恥辱に満ちた生の側に踏みとどまるのを耐えていたにちがいない。彼らにとっても、ブアズィーズィの焼身自殺とそれが「燃え上がらせ」た革命という輝かしい栄光に彩られた歴史的出来事は、「最後の一滴」であったにちがいない。ブアズィーズィの母は息子の死を悲しみながらも、その死によって祖国の英雄となった息子を誇りに思うことができる。だが、彼と同じように自らの肉体に火を放ったその他大勢のムハンマドたちは、その死によって、新たな革命が起こって彼らが英雄として記憶されるわけでも、その死が讃えられるわけでもない。一家は稼ぎ手を失い、母は愛する息子を、妹たち弟たちは愛する兄を喪って悲しむ。それでも——乱暴な言い方をすれば——死ねば、まだいい。全身に回復不能な重度の障害を負って生き延びてしまった若者たちがいる。二度ともとのからだに戻れなくなり、家族は彼の不幸を嘆き悲しみ、働けず普通の生活もできなくなった彼は、自分という稼ぎ手を失った一家にさらに負担をかけることになる。それもこれも、愚かにも自らの手でそのからだに火を放ったばっかりに。あんなことさえしなければ、貧しくとも、少なくとも元気に生きていたはずなのだ。彼の生は、自らの手で、死よりも致命的に破壊されてしまった……。

スンナ派イスラームの最高権威であるカイロのアズハル・モスクは、ブアズィーズィの死に触発されて自殺する若者に対して、たとえ社会的、政治的抗議の手段であるとしても、自殺はイスラームで禁じられている行為であるとして、若者たちに自制を呼びかけるファトワー（宗教的見解）を発表している。かつて韓国の民主化闘争においても、若者たちが政治的抗議の手段として焼身決起をおこなったが、私は、ブアズィーズィの死がひとつの契機となって焼身自殺する若者たちは、ブアズィーズィと同じように、生きんがための屈辱を隠す「ブルカ」以外に自らの尊厳を守る何ものも持たない者たちであり、政治的抗議の手段でそうした行為を意識的に選び取ったというよりも（彼らの行為がそうした社会的意味合いをはらみ持つものであるにしても）、祖国の英雄としてブアズィーズィの死が顕彰されるという出来事が「最後の一滴」となって、絶望的な生の側にかろうじて踏みとどまっていた彼らを死という「希望」の側へと押し流してしまったのではないかと思う。イスラエル占領下に生きるパレスチナ人の青年たちもそうだ。一切を奪われ、生きることはただ、日々恥辱を耐え忍ぶことでしかない若者たちにとって、自爆作戦を敢行して死ぬことは、祖国解放の英雄として社会に記憶され、顕彰されることであり、占領下で生きている限り奪われている社会的尊敬を手に入れることだ。そのとき、自らの肉体をダイナマイトで木端微塵にすることなど、希望のない、恥辱の生の中に踏みとどまり続ける痛みに較べたら、はるかにたやすいことであるのかもしれない。

焼身自殺を図り、とりかえしのつかない形で生き延びてしまった幾多のムハンマドの痛みを想うとき、人間とは何としても生の側に立つべきだと思わずにはおれない。そして、文学とは生の思想を語るべきだと。死は決して称揚してはならない。そのような観点から本書を読むと、「生きるなかで打ちのめされ、辱められ、否定され、ついに火花となって世界を燃え上がらせた人間の物語」として描かれるムハンマドの物語は、私には、作者自身の意図はどうあれ、死の称揚のようにも思える。それは、先にも述べたように、この作品が、大統領独裁の打倒という世界の輝かしい歴史的瞬間を体験した、その精神の昂揚の中で書かれたこととも関係していよう。しかし、貧しく、絶望の生の中で恥辱にまみれて生きる自分が、まさにそれゆえに自らの手でその生に終止符を打つことで「世界を燃え上がらせる」火花になるなら、自らの肉体に火を放つことを厭わない無数のムハンマドがいる。ブアズィーズィの死とそれを顕彰する出来事が、その後、彼と同じような境遇にある若者たちにどのような悲惨をもたらすことになったかを知っていたならば、ムハンマドの焼身自殺を肯定的に描くことに何がしかの痛みが、何がしかの留保が伴ったにちがいない。ムハンマドの物語は、「ごくふつうの人間の物語、この世に何百万といる者たちの物語」ではあるけれど、しかし、それは同時に、祖国の英雄、殉難者として特権的に顕彰された青年の物語である。その陰に、いまだ書かれざる、深い絶望を生きる無数のムハンマドの物語があること、英雄として記憶されることも殉難者として顕彰されることもなく焼け焦げて死んでいったムハンマドたち、そして、生き延びてしまった悲惨を今も生きているムハンマドたちの物語があることを私たちは覚えておかねばならないだろう。そのように考えると、市民を決起へと突き動かしたもの、それは、火柱となったブアズィーズィ青年の中に人々が聞きとった魂の叫びであったのだと思う——人間とは決して、このように死んではならない、人間とは決して、何人《なんぴと》も、このような絶望のうちに死に至らしめてはならないという叫び……。

6

ターハル・ベン＝ジェッルーン（一九四四年〜）は『砂の子ども』、『聖なる夜』（ゴンクール賞受賞）などで知られるモロッコ出身のフランス語作家である。フランス語で書かれているとはいえ、本書は紛れもないアラブ文学の作品であり、アラブ文学を専門とする私が本書を翻訳したからと言って別に不思議な話ではないのだが、私は、フランス語に関してはまったくの門外漢である。その私がフランス語で書かれた本書の翻訳を手掛けることについて、ここで若干、言い訳を記しておきたい。

二〇一二年三月、ベン＝ジェッルーン氏が、前年暮れに河出書房新社からアラブ革命に関するエッセイ集『アラブの春は終わらない』（*L'étincelle. Révolte dans les pays arabes* 火花、アラブ諸国の反乱）が出版されたのを機に来日し、京都の関西日仏学館で氏の講演会が持たれた。そのトークの相手役を私が務めることになり、事前準備のため同書を読んで、訳者あとがきで氏がムハンマド・ブアズィーズィの焼身自殺をテーマに作品を書いていることを知り、すぐにフランスに注文した。読んでみると、実に平易かつ簡潔なフランス語で書かれている。とはいえ、私も文学者の端くれなので、読めることが即、翻訳できることを意味するものではないことは百も承知している。平易にして簡潔とは、それだけ推敲され、彫琢されているということだ。読めるからと言って私がこれを翻訳するなど畏れ多くて思いもよらないことだった。

初めてお会いしたベン＝ジェッルーン氏は、私が知るモロッコの知識人の例に漏れず、尊大さの微塵もない人物だった。講演会は先に日本語版が刊行された『アラブの春は終わらない』がテーマだったが、私は文学研究が専門なので『火によって』をテーマに話がしたかったと申し上げると、氏も「自分もこちらの作品の方が好きだ、こちらの方が何倍もいい作品だ」と同意してくれた。講演会のあとの懇親会で日本酒を何杯か重ねるうちにちょっとばかり気が大きくなり、「日本では誰も『火によって』に関心をもたないのはとても残念です。フランス語がもっとできたら、ぜったいに私がこれを訳すのだけど……」と申し上げた。すると氏は「私の孫娘は八歳だが、これを読んで完璧に理解した」と語り、同じことをもう一度、一言一句そのままに繰り返し、「だからお前にも訳せる」と保証してくれたのだった。酔った勢いで、では、やります、と約束してしまった。フランス文学が専門でない私が訳して良いのだろうかと思ったが、一年近くがたっても訳されていない以上、おそらく今後も訳されないにちがいない。ぜひ紹介されるべき作品であると思い、作家本人からお墨付きをいただいたのだから、ということだけを心の拠り所に翻訳することにした。幸い編集を担当してくださった以文社の宮田仁さんがフランス語専攻であり、訳文を徹底的にチェックしてくださった。翻訳として及第点がいただけるとすれば、ひとえに宮田さんのお蔭である。

二〇一二年九月

訳者

著者　ターハル・ベン=ジェッルーン（Tahar Ben Jelloun）
現代フランス語マグレブ文学を代表する作家．1944年モロッコのフェズに生まれ，1971年フランスに渡り，1987年『聖なる夜』（邦訳は紀伊國屋書店）でゴンクール賞受賞．邦訳書に『砂の子ども』『最初の愛はいつも最後の愛』『あやまちの夜』（以上，紀伊國屋書店），『娘に語る人種差別』（青土社），『出てゆく』（早川書房），『アラブの春は終わらない』（河出書房）などがある．

訳者　岡真理（おか　まり）
1960年生まれ．専門は現代アラブ文学，パレスチナ問題，第三世界フェミニズム思想．東京外国語大学アラビア語科卒，同大学院修士課程修了．現在，京都大学教員．著書に『記憶／物語』（岩波書店），『彼女の「正しい」名前とは何か』『棗椰子の木陰で』（以上，青土社），『アラブ，祈りとしての文学』（みすず書房）などがある．

火によって

2012年11月10日　第1刷発行

著　者　ターハル・ベン＝ジェッルーン

訳　者　岡　真理

発行者　勝股光政

発行所　以　文　社

〒101-0051 東京都千代田区神田神保町2-7
TEL 03-6272-6536　　FAX 03-6272-6538
印刷・製本：シナノ書籍印刷

ISBN978-4-7531-0305-8